珈琲夜船

菅原敏

雷鳥社

珈琲夜船　目次

コロンビア

見知らぬ街　褐色の肌　雨あがり　窓から風
カーテンを　巻きつけ　かくれて　汗まじり
裸でまとう　見えない　服

踊り子

彼女は死ぬまで
赤いくつした
黒いひとくち

夜船

いまはもう消えて
いなくなってしまった
彼方の星の光が
かすかに届くように
遠い昔　遠い国の　誰かの声が
ラジオから聞こえてくる
言葉の意味は剥がれ落ちて

その響きが隠し持つ祈りに
じっと耳をすます
こんな真夜中　ひとりではないと
遠くの星を見つけるように
周波数を合わせ
地球で最後の車が走る
海の消えた海岸線

・・・

・・・・・・・・・・・

・・・・・・・・・

・・・・・・・・・・・

・・・・・

・・・・・・・

いくつ並べてみてもなお

水の途絶えた砂漠の上で

香りとともに消え失せて
黒い小石が
ポケットのなか

タンザニア

まるい地球の裏側で
オレンジ色の太陽が
夜にぽたぽた落ちるころ
裸足で草を踏みながら
空のページをめくった女が
物語に飛び込んだ
ひとり静かに影を残して

台所は今日も雨

台所は今日も雨だったので
鍋やフライパンには　たんたんたんたんと
雨粒が音を立てている

僕らは傘をさして
居間を目指して長い旅をしてきた
けれどソファはすでに占拠されていて
見知らぬ旗がたなびいていた

僕らは寝室を目指したが
そこはいつの間にか港で
僕らのベッドはすでに船出していた
家の中にもかかわらず
行く場所をなくしてしまった僕らは
結局いつもの喫茶店で
茶匙と皿の　触れ合う音を聴いていた

ゆれる

窓辺の風の輪郭を
とらえるための静寂を
頭から体に巻きつければ
幼いころのまなざしで
カーテンレールに導かれ
私たちは窓の中心で出会う
光を通すということは

嘘さえ透けて見えることなので
片手ひとつでさよならを注ぐ
ほどけてしまった角砂糖が
かたちを取り戻すその前に

国境

熱くなった銀のスプーン
舌に当てれば名前
さえもなくして世界
地図に定規をのせる

夜はやさし

傷を癒すとき僕らは
巣穴の獣みたいにまるくなって
ひとりで夜を迎える
いまはただ
目を閉じて眠ること
いくつかの思い出を
ひきだしから取り出して

ひとりの夜を眠ること
春と夏をいちどきに失ったとしても
傷はそのうちに癒えるだろう
ひとりの夜は
じぶんの影に横たわり
ただ眠ればそれでいい
僕らは目を閉じ
人の消えた街に
風だけが走り

すべて信号は青く
空を魚たちが泳ぐ
夜はやさしと
眠りのなか
小さく開けた
窓の向こうに誘われる

星空に匙

空を見上げて
いまなお広がり続けている暗闇に
星を浮かべては線で結び
物語を貼り付けたりしているが
これらは皆すべて
暗闇に溶けてゆく順番を待っている
あまりに膨大な時間のようで

それはひとつのまばたきと大差なく
この夏の第一幕は
太陽がいずれ燃え尽きることを教え
私たちはそれぞれ役をこなしながら
汗を拭い
ときおり客席に目をこらす
（燃え尽きて光を失ったあと）
（この星も氷になってグラスのなか）
行方をくらました未来の代役が

舞台の袖で最後まで出番を待っていた
永遠に続くという思い込みに
不意に終わりが訪れるように
幕は唐突に下りる

いずれ消え去る幾千もの物語を
鑑賞しているのは誰なのか
知っているようで
けして知ることのない
たったひとりの観客の存在を

暗闇の果てに探せ

銀のスプーンをまわして

声の氷

この街でもあまりの寒さに声が凍ってしまうことがあって、相手の耳に届く前に結晶化して地面に落ちてしまう。ときどき何万年前かの南極の氷をグラスに入れて、お茶やお酒を注ぐと「ゴォゴォ」「シューシュー」と音が聞こえる。いにしえの時代に凍ってしまった原始の声が、時間を超えて溶け出している音。

句点を置く

真っ白なテーブルクロスの上に
○と○

ことの終わりには
ひとつの　。で十分なのに
果実みたいな酸味と
ほのかな苦味は
後から追いかけてくる

これまでの時間を
熱い黒で満たし
それでも冬空の下では
ふたりの息は白く
五文字の言葉を
耳じゃなく舌で
静かに焼き付ける

雪の結晶がひとつ／約束を結んで／黒い瞳に溶けてゆく
耳に声／舌に甘さ／それぞれ押しつけ／落ちる空から

冬の秘密

本を読む
写真を撮る
働く
喫茶店へ行く
手紙を書く
窓を開ける
海を眺める

酒を飲む
少し眠る
それらすべての理由として
窓ガラスに人差し指で
書いた名前の向こう側に
雪を背中に乗せたバス
冬の街が耳をすまして
内緒の話　白い息
氷の中の解けない彼女

零度

ほんの数日会わないだけで
全くの別人になってしまうことがあって
同じ服を着ていても
その中の体は誰かに操られているように
ぎこちなく
これまで使わなかった言葉を話したり
名前を呼ばなくなったりする

もしかしたらもう一度
強く抱きしめれば
氷みたいな殻にひびが入って
元の姿に戻るかもしれない
けれど　それはどうしてもできない
もし抱きしめたなら今の私を包んでいる
この氷の殻もまた砕けてしまうだろう
私たちは互いになす術なく
薄氷に包まれたまま

ストローでからからと氷を鳴らし
触れ合うことなく
かろうじて昔の話をする
本当は知っている熱を隠し
涼やかな微笑みを浮かべながら

珊瑚礁

夜の海に角砂糖
ひとつ溶かして約束は
あきらめきらめきせきららに
カップの底にたまりゆく
白い珊瑚があなたを隠す
赤い二艘の小舟がゆれる

夜船

本当はもう誰もが気付いている
すべてが白になってしまったことを
料理の味がなくなるように
世界から色が消えかけていることを
あらゆる境界がぼやけて
優しさを装った無関心を身にまとい
湿った新聞紙に火をつけようと

何度もマッチを擦っては折って
途方に暮れる姿が
不意に鏡に映って声を上げる
目も耳も鼻もなく
親からもらった名前も
気づけばなくしてしまった
私の名前を呼ぶ声がする
私はそれを思い出せない
名前と顔を失いながら

四角い箱を手のひらに
親指で十字を切るようにして
救いの言葉を探す

時代を写す方法は姿を変え
ついには真っ白な紙が
幸せの証となってしまった
何かを書けば誰かが傷つくだろう
それならば何も書くな

何も言ってくれるな

この真っ白い紙を束ねることで
最良の一冊となるのだから

私たちはいま
真っ白な本を抱えて
それぞれに距離をとって佇んでいる
教典はいつから白紙になったのか
物語はどこへ逃げてしまったのか
夜から夜をめくりながら

言葉の行方をつかもうと船を漕ぎ
先の見えない闇の中で
いつかは誰も知らないやり方で
導いてくれるだろうか
逃げ出した音符を
五線譜に戻すように
皿にこぼれ落ちた黒を飲み干せ
祈るよりも歌え
その波に飲み込まれ

深い底に沈む前に

字幕のかけら

その白黒映画には
男も女もおらず
恋や殺しもなく
鷹揚な音楽もない
それにもかかわらず
私たちは見るたびに涙を流して
隣の人を抱きしめた

この一本のみを上映する映画館が
建てられるほどに
人々を魅了したのだか
いまではどこを探しても見つからず
字幕のかけら一文字さえ残さず
世界から消えてしまった
子供の頃に見たはずの
この映画のタイトルを
思い出すことができない

あぶみを蹴って街をゆく

男たちは交差点で待ち構え、カウボーイ気取りで縄を投げ、彼女を捕まえようとするのだが、たいてい縄にはピザ屋の配達やタンブラー片手のネクタイ野郎が引っかかるだけで、いっこうに彼女が罠にかかる気配はなかった。夕暮れにはクラクションに混じって馬のいななきが遠くで聞こえる時もあった。ときどき街でひづめの跡を見つけると、私は深く息を吸い込んでみる。

Walking Dead

ゾンビのようにふらついて
足を引きずりながら
ようやく朝に辿り着いたふたりは
示し合わせたかのように
ひとくち飲んで
そのあと同時に白い息を吐いた

眠らない夜

あなたの夢はみたくない
世界中のカップを飲み干し
眠りの世界よ　さようなら
ラグビー場で枕を蹴って
ベッドを燃やし　輪になって
踊れよ朝が　くるまでずっと

西日

真夜中に裸足でとびはね
野菜スープを作ってくれる
あのひとには地球が狭い
朝起きてパジャマも脱がずに
手挽きのミルで気だるさを砕き
熱湯ゆっくり回し入れ
いってらっしゃいと言うこの口は

いくつになってもぎこちなく
玄関で別れてすぐさま
背面跳びで寝床にぱさりと
倒れ込んだらもう日暮れ
せめて柔らかいタオルくらい
と思ったけれど
すべては洗濯かごの中に消え去り
あっという間に一日一年十年が過ぎ
みな行くべき場所へ引っ越してゆく

いまでは草木に覆われてしまった
スーパーマーケット
錆びた車
パーキングの「空」見つめ
せめて言葉では人を失くさないように
目で話す距離
ちいさな光を反射している
流し台のステンレス　ぼんやり見ながら
暮れゆく　ゆうどき

雨

あのまっくろいのみものを
そらにぶちまけたいようの
ほのおをけしてぶらぶらと
あのこのかげにしのびこみ
よるのまちごとのみほした
だからおまえは
しぬまできっとねむれぬさだめ

せかいがすべてねむりおちても
おまえはにどとねむれぬさだめ

貝殻

母は泣いたし
父は悲しそうに微笑み
弟は部屋にひきこもり
犬は新聞紙をびりびり破き
ティーカップは骨折
トースターは爆発
お風呂は家出して

一階はもう沈んでしまった
それでも私
あなたのことを許すから
手紙をひとつ
ラッコのように
胸に抱えてぷかぷかと
背中を海に夏を待ちます

Summer Time

プールいっぱいにあった
おれの才能をぜんぶ
飲み干しちゃったあの子が
ストローでぶくぶくと
夏をはじめる準備中

午後三時

スプーン一本
落とすようなはずみで
八月の窓から
ふたりの過去が落っこちた
しばらく動けずに
うずくまっていたものの
ゆっくりと立ち上がって

道路に散らばった言葉を
いくつか　かき集めて
小銭と一緒にポケットに
突っ込んだあと
片足を引きずりながら
くるまを拾って
どこかへ行ってしまった
ふたりは窓の下に転がる
昔のかけらをしばし眺め

黙ってお茶を淹れて
それぞれの部屋に戻った

アメリカ映画

一八九五年、ドーナツをひたして食べるという発見がなされたがそのこと自体、あまり広く受け入れられることはなかった。

(wikiより抜粋)

夜船

これまでの人生片道切符になるような旅がしたい
旅先で再びあの子に出逢い直す旅がしたい
砂埃巻き上げて赤茶けた土くれ蹴飛ばす車で旅がしたい
おまえの人生ぜんぶ嘘だと星を見ながら呟く夜さえ嘘だよと旅がしたい
すべての道を間違えて振り出しに戻ってそれから旅がしたい
誰にも出会わずどこへも行かずこの紙一枚旅がしたい

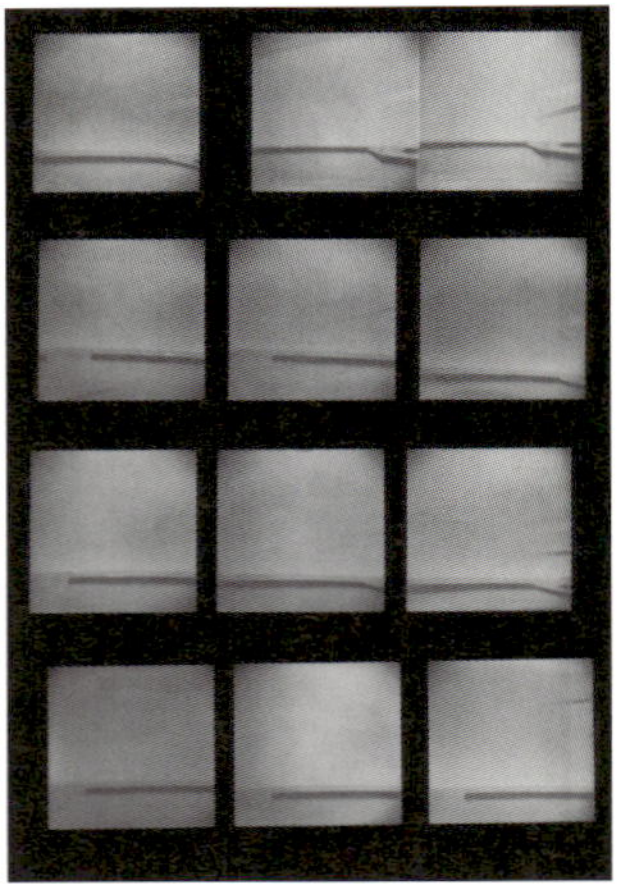

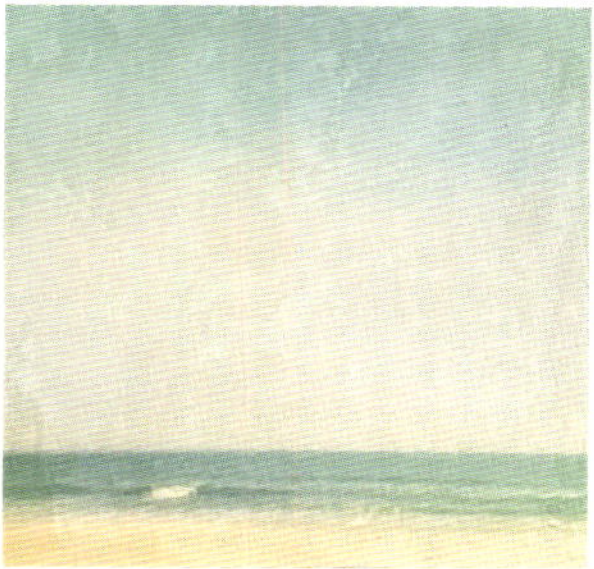

食卓に溺れる

食卓のテーブルを囲む人数は
次第に減ってゆくもので
人を乗せないキリンのように
立ち尽くしている椅子
わずか一メートルにも満たないテーブル幅
その中央には大きな川が流れ
向こう岸へ声は届かず

もはや泳ぎ切ることもできない
川の流れに指を差し込み
きらきら反射する水面に目をこらし
アフリカからやってきた
小さな豆を砕いたら
コップひとつが食卓の朝

もしそれが白かったなら僕たちは黒いミルクを探しに行ったのかな

戦後

この黒い飲みものを
初めて飲んだ時のこと
覚えている人は
ずっと幸せに暮らせるのよ

嘘か本当か知らない
だけど

小さい頃に聞いた
祖母の言葉と
初めてのひとくちを
俺はまだ覚えている

あとがきにかえて

珊瑚と珈琲

昨日、乾いた珊瑚になってしまった祖母のことばかり考えている。お見舞いにいったとき、私を見て「孫によく似ているわ」と言った彼女の言葉が忘れられない。骨壺にいれるより、海に帰してあげたいと願う。胸に空いたドーナツの穴。誰より私を可愛がってくれた人。さようなら、金曜日。

祖母は九四歳で死んだ。老いてもなお着飾ることや、化粧品、宝飾品、そういったものを大切にしていた。他の孫たちに比べてひとり気ままな暮らしをしていた私は洋菓子や香水、口紅など、品を替えてはお土産を持って遊びにいった。ほとんど見えない目で淹れてくれる祖母の珈琲。手元に置かれる頃にはだいぶソーサーにこぼれている。カップに半分だけ入った珈琲。ぬるくて味のない珈琲。嬉しそうに小さな香水や化粧品のガラス瓶をなぞる。そして彼女は笑顔を見せる。

青森の海産物を東京で加工・販売する会社のお嬢さんだった祖母。同じく青森の生まれだった祖父はそこに婿養子として入ったものの、工場の娘たちを集めて自作の詩の朗読を聴かせては手を出して子供をこさえたりと、随分祖母を泣かせてきたらしい。祖母が認知症になり「あの女が着物を盗んでいった、宝石を持っていった」と異様なまでに衣服や宝飾品に執着したのは、ずっと我慢して胸に閉じ込めていた思いが顔を出したのだろう。

いま、お気に入りだったビロードのドレスにくるまれ、すこしの死化粧。おでこに触ると、ひんやりとゴムみたいな感触。人はいつから物になるのだろうか。小さなホウキでかき集められる、こなごなの珊瑚のかけら。枯れすすきに囲まれた郊外の火葬場。親族たちとの酔わないビール。昔ばなし、年をとった従兄弟たちの顔、彼らの子供、黒いワンピース、ちいさな靴。みんなみんな順番だ。たくさん愛してくれてありがとう。さようなら、おばあちゃん。

祖母の死ぬ二年前に祖父は死んだ。優しかった祖母に比べて、気まぐれでつかみ所のなかった祖父。とぼけた顔で冗談を言い出しそうな最期の顔を覚えているが、たいして悲しく思うことはなかった。終戦後、満州から戻った祖父は、祖母の会社が新規事業のために貯めていた結構な金額のお金を持って行方不明となり、一年後、病にふせって北海道から送り返されてきたそうだ。もちろん無一文で。飛行機で海に落ちて助かったこと、愚連隊に出入りして警察の厄介になっていたこと、酔う度に「俺の人生は戦争に翻弄された」と言っていたこと。断片的に覚えている祖父の言葉。当時にしては大柄で一八〇センチ近いひょろりとした姿は、母曰く、どこか今の私に似ているらしい。

祖父は詩を書いたりピアノを弾いたり絵を描いたりと、仕事はからきしだったが趣味に生きた人だった。よく買い物に連れていってくれた新宿の伊勢丹では、女性店員の「お車ですか?」の問いかけに「ヘリコプターで来たよ」と答えたり、いつもユーモアまじりに女性を笑わせようとする人だった。

自費出版で出した詩集や、新聞に投稿した短歌や川柳の切り抜き、たくさんの賞状や盾、アメリカの作家パール・バックから届いた返事の手紙などを幼かった私に自慢げに見せてくれた。そんなことに全く興味のなかった私は早々に祖母のもとに駆け寄り、大きな〝金だらい〟の中に座り込み、ぐるぐると回してもらうのが大好きだった。他の孫たちに比べてひとまわり体の小さかった私を、祖母はいつでも一番に気にかけてくれた。家の前の井戸、葡萄を上手に食べる九官鳥、海産物の匂いに誘われて工場前に集う猫たち、東京大空襲のときに逃げ込んだ公園。いま敷地の跡地は駐車場になっている。

祖父が死んだとき、「誰もひとりでは生きていけないのよ」とやさしく言った祖母。よそで子供まで作った祖父のこと、家庭のこと、家業のこと。鬱病を患うほどに思い悩み、戦後の動乱を生き抜いてきたはずの彼女は、どんな思いで私にそう伝えたのだろうか。他の孫たちが所帯を持ち、家庭を築いていくなか、ひとり勝手に生きている今の私を、どんなふうに見つめているのだろうか。

この小さな珊瑚のかけらを、いつかあの青森の海まで持っていこう。

夜の海に船を出して。

The person who tries to live alone will not succeed as a human being. His heart withers if it does not answer another heart. ――Pearl S. Buck

「ひとりで生きようとしている人は、人として成功しないものです。誰かの心に重ねなければ、その心は枯れてしまうのです」――パール・バック（一八九二〜一九七三）アメリカの作家。一九三八年にノーベル文学賞を受賞。

珊瑚

おじいちゃんが女をくどく
箸でページをめくりながら
おじいちゃんが女をくどく
こんな本　まるで読書感想文だなと
おじいちゃんが女をくどく
工場の娘たちに愛を囁き
おじいちゃんが女をくどく

終戦後に実家の金を持ち逃げして
おじいちゃんが女をくどく
喫茶店で煙草を吸いながら
おじいちゃんが女をくどく
魚の匂いに猫が集まる屋敷の片隅で
おじいちゃんが女をくどく
散々妻を泣かせながら
おじいちゃんが女をくどく
老いた妻をいたわりながら

おじいちゃんが女をくどく
枯れたすすきの火葬場で
乾いた珊瑚になった後でも

（初出：講談社「群像」二〇二二年十二月号掲載に加筆修正）

菅原敏　すがわらびん

詩人。二〇一一年、アメリカの出版社 PRE/POST より詩集『裸でベランダ／ウサギと女たち』をリリース。以降、執筆活動を軸にラジオでの朗読や歌詞提供、欧米やロシアでの海外公演など幅広く詩を表現。近著に『かのひと　超訳世界恋愛詩集』（東京新聞）、『季節を脱いでふたりは潜る』（雷鳥社）。東京藝術大学 非常勤講師

珈琲夜船

二〇二四年十一月一日　初版第一刷発行

著者／菅原敏

発行者／安在美佐緒
発行所／雷鳥社
一六七-〇〇四三　東京都杉並区上荻二-四-一二
TEL：〇三-五三〇三-九七六六
FAX：〇三-五三〇三-九五六七
HP：http://www.raichosha.co.jp
E-mail：info@raichosha.co.jp
郵便振替：〇〇一一〇-九-九七〇八六

写真／かじおかみほ
装幀／山口信博＋玉井一平
印刷・製本／シナノ印刷株式会社
編集／平野さりあ

SBN 978-4-8441-3809-9 C0092